Skuggan som uppstår

Kajsa Hedin

Förlag: BoD – Books on Demand, Stockholm, Sverige
Tryck: BoD – Books on Demand, Norderstedt, Tyskland
ISBN: 978-91-7699-761-1

I

När man tänker på en människas liv, måste man rita upp en kartskiss som inte börjar vid hennes födsel, utan sträcker sig betydligt längre tillbaka än så. Man kan inte heller låta skissen sluta den dag hon dör, den dras upp så den går längre fram i tiden. När en människa kommer till världen är det inte bara en fråga om hennes liv och död. Hon föds in i den stora skugga som uppstår genom cirkeln av människor som omger henne; också efter hennes död borde det finnas något kvar som lever vidare.

– Kenzaburō Ōe

Hon läste stycket ännu en gång. Orden som stod där, meningarna, det var som om hennes farmor vetat, att hon verkligen visste. Men hur kunde hon det? Lydia kände hur orden brände i bröstet. Hon lyfte sitt huvud upp från boken och mötte sin blick i spegeln. Hon satt stilla och såg hur tårarna rann ner från de blå ögonen, över de bleka kinderna.

Boken hon just öppnat hade hon fått mer än tio år tidigare. Författaren hade fått nobelpriset och hennes farmor hade tyckt att det var en bok som Lydia borde läsa för att bli allmänbildad. Men då, när hon fick den, hade den inte talat till henne. Den hade bara verkat torr och konstig. Lydia hade läst de första sidorna, kanske bara två tre stycken, sedan ställt upp den i bokhyllan med en fnysning. En japansk författare som skrev om *Skogens under*, den var allt för finkulturell för henne. Men nu…

Hon hade fått känslan att hon måste läsa boken. Det hade börjat som skuldkänslor för att hon inte uppskattat den julklapp hon fått för så länge sedan men det hade varit mer än bara det. Det var som hon inte haft något val. Nu, när hon slagit upp den svarta pärmen och läst första sidan igen, var hon förstummad. Nu talade boken till henne, den hade något att säga. Hon visste att hon måste läsa vidare.

II

Hon plaskar runt, gungar till rytmen av musiken. Följer vågorna som fortplantas runt henne. Hon känner sin moders stigande puls. Utanför mörkret hon befinner sig i finns det så många olika röster. Hon skräms av dem men är samtidigt nyfiken. Hon försöker ligga stilla en stund och lyssna. Kanske är det någon hon känner igen. Hon lyssnar efter tryggheten men där utanför är det mest stim och sorl. Det är nog bäst att stanna i grottan en stund till tänker den lilla…den nya.

Lydia stirrar upp på det grå gula innetaket. Det gör ont. Halsen känns som den är fylld av taggtråd. Taggtråd och ond svart lera. Svart? Nej, det kanske inte var riktigt rätt. Men ont gör det och hon är glad att hon inte behöver prata med någon just nu. Det är ändå skönt en stund med fysisk smärta, den tar fokus bort från allt annat. Sorgen får inte lika mycket plats när febern kryper i kroppen och tröttheten bränner i ögonen. Men den finns där vilande. Den kryper ihop, den lurpassar för att vilken sekund som helst överfalla henne igen. Hon undrar om det går att lura den på något vis. Om hon hittade svaret, skulle hon då kunna få den att ge sig av?

De var snart klara. De gröna glasdörrarna lyftes med stor försiktighet på sin plats på gångjärnen. De svajade en stund fram och tillbaka efter att de grova stabila händerna släppt taget. Vajade väntandes, på att någon skulle ta det första klivet in genom dem. De stannade tyst på sin plats och männen vände dem i ryggen. Deras arbete var slutfört. Nu skulle de ut i snöovädret för att ta sig hem och vila.

III

Snön låg tjockt packad i drivor runt husen. Hela staden var täckt i ett vitt täcke. Med snön kom tystnaden. Overklig så det ekade i huvudet ibland. Det hade snöat i flera dagar. Det var den vitaste decemberstart hon kunde minnas. Men med 21 dagar kvar till jul kändes det tröstlös. Julafton borde ligga tidigare på året. I början av december eller början på januari. För det var ju då det brukade finnas snö. Men kanske, kanske att snön kunde stanna den här gången.

Lydia hörde honom redan när han gick upp för trappan. Tunga klampanden som dämpades av snön som hon inte orkat skrapa bort. Den lilla lurviga valpen vaknade till och for upp skällandes mot dörren. Lydia suckade men log ändå för hon var så söt när hon var så där ivrig. Helge ryckte i handtaget. Dörren satt fast nu i vintervädret. Det behövdes två ryck till innan den gav med sig.

”Snöar det fortfarande?” frågade Lydia förvånat och skeptiskt.

”Nej, jag rullade mig i snöhögen utanför när jag gick in…”, sa Helge med ett leende.

”Jo, det snöar …mycket!” sa han och nickade mot köksfönstret menande att hon själv kunde titta ut.

”Oj, jag har inte märkt det”, sa Lydia med frånvarande röst. Det kändes som hon varit i någon dvala de senaste timmarna. Hon hade sovit oroligt. Valpen hade väckt henne några gånger för hon ville leka men Lydia hade inte orkat. Förkylningen var bedövande. Men nu kändes det faktiskt bättre.

”Nu är vi klara!” utropade Helge glatt. Han tog av sig sina ytterkläder och gick ut i köket, fram till kylskåpet.

”Vad skönt, blev den bra?” frågade Lydia, nu något piggare.

”Ja, det blev helt otroligt bra. Den var magisk. Det måste vara den finaste hiss som någonsin gjorts” Han tog fram bröd och smör och fortsatte engagerat att berätta om sitt jobb.

”Den smälter in helt perfekt, ljussättningen i den…. Ja, ljussättningen gav den liv på något vis. Du måste se den. Det låter kanske knasigt men du måste verkligen det. Den är verkligen speciell”

Lydia hjälpte honom att ta fram osten och flyttade undan några föremål på köksbänken så han kunde skära brödet. Helge hade arbetat med att sätta in en hiss i det gamla slottet. Det hade talats om det i så många år, att slottet behövde göras mer tillgängligt. Men alla hade sagt att det var omöjligt. Nu var hissen äntligen på plats, färdig. Hon var inte lika ivrig som Helge att hon skulle få se den. Men lite nyfiken var hon ändå, eftersom han var så nöjd.

”Det är julmässa på slottet i helgen, då skulle vi kunna gå dit tillsammans om du vill?” sa Helge med en bit ostmacka i munnen.

Hon nickade och sträckte ut sin hand så hon för att röra vid hans kind. Hon var så glad för att han var hennes. Att han fanns. Hans värme fick henne att tina.

IV

”Du ser ut som Nasse”, sa den lilla flickan till Lydia. Hennes kollega
skruvade på sig och försökte skicka en manande blick till sin dotter. Lydia log. Även om det inte var så kul att bli påmind om den ännu rosaröda näsan efter några dagars hård förkylning, så var flickans utrop så spontant och vänligt att det bara var roligt.

”Tycker du om Nalle Puh och Nasse?” frågade Lydia för att vända riktning på samtalet.

”Ja, nasse är såå söt och Nalle Puh är finurlig”, svarade hon drömmande. Sedan fick hon syn på en tomte som stod i fönstret och gav sig i väg för att undersöka den.

”Jaha, om man skulle gå och jobba lite?” sa Lydia ursäktande och gick in till den avdelning hon skulle ansvara för den här lördagen. Hon tyckte det var skönt att vara tillbaka på jobbet, få lite annat att tänka på. Och det var skönt att jobba lördag för det var tyst och rofyllt samtidigt som de fall som kom in, oftast var mer spännande och krävde full fokus.

Lydia satte sig vid datorn för att logga in i systemet. Hennes fingrar hade precis landat på första bokstaven när hon kände en värme sprida sig genom bröstet. De irriterade luftrören och hjärtat som känts trasigt i flera månader, nu kändes det som en vind gick genom henne och lagade dem i sin genomfart. Men vinden åkte inte vidare. Den spred sig genom hennes kropp. Det var som att allt där inne varit svartvitt och nu sakta började få tillbaka sin ursprungliga färg. Hon försökte skaka bort känslan som förbryllade henne och skrev vidare. Så, utan att hon slutit sina ögon, var hon tillbaka i rummet på sjukhuset bredvid sin farmor. Allt såg ut som då. Sängen, droppet, farmoderns nattlinne, hennes underbart guldvita hår. Alla små detaljer var på plats, hon såg dem framför sig precis som den sista dagen de träffats.

Lydia kunde inte möta hennes blick den här gången heller. Just i denna stund, verkade det inte ha någon betydelse. Nu kände hon hennes närhet. Hon fanns där, inte bara i minnet. På något sätt som inte verkade möjligt hade hon fått känna hennes värme igen.

V

Lydia vaknade tidigt på söndagen. Snön, som låg som tysta berg i trädgården, gjorde att nattens mörker kortades. Hon var trött. Kroppen var redo att gå upp men hon ville bara vända sig om och sova igen. Bara en liten stund till så att tankarna skulle hamna rätt.

Den var fortfarande inte öppen för allmänheten, endast installatörerna hade gjort en jungfrutur. Tyst hade den fört dem upp och ned mellan de två planen. Den hade öppnat sina dörrar för dem. Visat att allt var som det skulle. Nu väntade den. Väntade på någon som väntade...på någon som önskade.

Tassar som klapprade mot hallgolvet väckte henne. Lycka hade vaknat och ville ut i det härliga vinterlandskapet. Lydia var glad att Helge gett med sig vad det gällde namnet. För hon gav verkligen så mycket lycka. Hon lös upp de allra mörkaste av dagar. Värmde de allra kallaste av morgnar. Men det fanns dagar Lydia ville kalla henne olyckan... men det är en helt annan historia. Hon skyndade sig tyst upp, för att Helge inte skulle vakna, och gick för att göra sig klar för en riktig vinterpromenad i kylan.

Det knarrade under skorna där hon stod och stampade. Lycka stod med nosen långt nedgrävd i en snöhög. Lydia tyckte om att gå men att stå och vänta i kylan var desto mindre roligt. Det var då som tankarna sprang i kapp. Tankar som hon försökte hålla borta. Hon försökte snabbt få hjärnan att göra en undanmanöver. Önskelista! Hon hade inte skrivit någon än och hennes systrar hade skickat sina listor flera veckor innan. Hon undrade om det var så normalt att skriva önskelistor som vuxen. De flesta hon kände verkade tycka att julen bara var till för barn och köpte istället kloka gemensamma julklappar till varandra. För Lydia och hennes närmaste var julen fortfarande en tid där alla fick vara barn. Tyvärr började det bli svårare att hålla julstämningen uppe för varje år som gick.

Hur mycket hon än hade försökt så hade hon bistert fått inse att det behövs barn på julen för att man som vuxen ska känna mystiken. Det var tur att hennes systrar nu hade bidragit med en ny generation så att julensmysterier kunde leva vidare. Lycka lyfte upp nosen ur snöhögen och gjorde ett ryck att gå vidare. Lydia tog tacksamt några snabba steg efter valpen. Hon ville inte skriva någon önskelista för det hon helst ville ha gick inte att köpa för pengar.

VI

Vinden tjöt utanför huset samtidigt som allt annat var tyst. Helge hade inte kommit hem från sitt nya uppdrag ännu och Lycka låg och sov vid ytterdörren. Lydia såg frustrerad på det tomma dokumentet som skulle bli en önskelista. Hon hade skjutit på det ännu en dag men det var fortfarande en övermäktig uppgift. Det tog bara stopp. *Jag önskar det inte vore någon jul i år* skrev hon högst upp.

Hon var inte färdig än. Det var långt kvar till hon skulle tvingas möta verkligheten. Hon var redan älskad. Det fanns så många som ville henne väl. Så många som ville ge henne trygghet. Ändå var hennes väg så osäker. Själv kunde hon inte påverka något. Allt utanför hennes makt, nästan allt. Hon skulle kämpa för att få stanna.

”Hallå!” hördes en röst från hallen. Det var Helge som kommit hem och Lydia hade inte märkt något alls där hon satt vid sin dator. Önskelistan hade blivit färdig tillslut men det blev två listor. En som hon skulle hålla för sig själv och en för de andra innehållande enkla inköp som strumpor, böcker och CD-skivor. Hon tryckte på utskriftsknappen i datorn och gick för att möta Helge.

”Klä på dig!” sa han uppmanande och lyfte ner hennes jacka från kroken.

Av ren reflex sträckte hon ut sin hand för att ta emot.

”Vi ska till slottet!” sa han som svar på hennes frågande blick och det märktes att han var ivrig. ”De har ringt, för de ville att jag skulle fixa någon liten detalj som kom upp vid besiktningen, så nu kan jag visa dig!”

Lydia försökte skynda sig med att få på kläder och kängor men var trött så hon fick börja om med knytandet. Hon lade ner vantarna på golvet för att kunna knyta bättre och Lycka gjorde ett snabbt skutt efter dem för att sedan glatt springa i väg med en av dem.

”Men det är väl inte bra att du måste göra om saker?” frågade Lydia samtidig som hon jagade efter valpen in i sovrummet. ”Det är ingen stor grej, tror jag. Allt såg bra ut när vi lämnade i fredags. Behöver du hjälp eller kan vi gå nu?” Lydia kom tillbaka ut i hallen igen och viftade med Lovikavantarna.

”Jag vann! sa hon leendes med Lycka hoppandes bredvid. ”Ja, nu kan vi åka.”

VII

Mörkret hade intagit staden men bröts vackert av ljusinstallationer längs med Norravägen, in i slottsallén. Stora gula stjärnor hängde längs lycktstolpar mellan vägbanorna, röda och gröna ljusslingor smyckade träden. Slottet lystes upp underifrån, med röda och vita ljusstrålar så att delar av det såg ut som en polkagris. Slottet, var som alltid, mäktigt när man närmade sig. Det fanns så mycket historia som vilade i dess väggar, dess murar och framförallt dess omgivning. Här vilade andar från lång tid tillbaka och där skulle de finnas och bli fler. Helge höll henne tätt intill när de gick upp för den hala bron. Det hade börjat snöa igen och vägen framför dem såg alldeles orörd ut. Vägen in var, liksom slottet, utsmyckande upplyst. Skuggorna följde deras steg in på slottsgården. Han släppte taget om hennes midja och gick före. Han gick fram till den port man använder för att nå Björksalen och Slottskyrkan. Han tog fram en nyckel ur jackfickan och låste upp.

”Kom nu, du blir kall!” uppmanade han henne. Hon skyndade fram och in i slottet.

Helge gick fram till en grön glasdörr som hon inte sett förut. Han sköt undan en liten lucka och tryckte på knapparna på panelen som visade sig.

"Vad gör du?" undrade Lydia. Hon förstod att det var där hissen var och han skulle undersöka vad det var som var fel. Men hon kände sig tvungen att bryta tystnaden.

"Jag ska kolla lite först. Sen ska du få se", svarade han och jobbade vidare.

"Kom nu, du kan väl testa först, så finns jag här utanför om något går fel", sa han och log. Men han menade allvar. Båda två kunde ju inte gå in i hissen om något skulle gå fel.

Lydia gick in genom glasdörren och ljuset tändes automatiskt där inne. Alla hissens väggar var av glas. Hon kunde se rakt in i den gamla väggen. Murbruk och sten som lagts dit flera hundra år tidigare, nu kunde dess inre skådas. Hon stod stilla, synade väggarna ordentligt och lyfte sedan blicken mot taket. Det var som att se ut i det okända. Taket var inte av glas men mitt i taket hade det gjorts en inramad öppning. Som om man såg genom en guldfärgad gammal spegel och det man såg var höjden och tomheten som fanns där ovan hisschaktet sträckte sig minst fyra våningar upp. Längst där uppe hade en stjärna guldmålats. Hon tappade balansen ett ögonblick och tog ett steg bakåt.

Hon såg ner mot sina fötter för att få kontroll och såg då att även golvet var genomskinligt. Precis som taket var det av ett massivt material men med ett fönster i mitten som gjorde att man kunde se neråt. Ner i avgrunden. Hon kunde ana några benknotor och en kista där nere. Det såg otäckt och spännande ut på en och samma gång men det var troligtvis bara en utsmyckning.

”Är du redo?” Hon snurrade runt och såg på honom. Hon nickade till svar.

VIII

Hissen hade fört henne nästan ljudlöst upp till andra våningen. Den gick sakta, så den behövde inte göra någon kraftig inbromsning för att stanna på rätt plats. Dörrarna på andra våningen var av samma gröna glas som bottenplan. Men hon kunde inte se så mycket genom dem. Det var mörkt där utanför. Endast ett svagt ljus från längre bort i trapphuset kunde ses. Vad snabbt hon kom hit. Det hade bara gått några dagar och nu var hon redan här. Det hade kommit några arbetare på måndagen som ville åka och den han hade snabbt visat dem sina färdigheter och sedan hade de lämnat. Det hade tydligen gått för fort för han hade hört hur de muttrade om att ”något måste göras om” och ”så här kunde det inte vara”. Men han visste att det inte var något fel. När hon hade kommit kunde han ta det lugnt.

Dörren öppnades inte av sig själv. Skulle den det? Lydia visste inte. Hon sträckte ut handen för att öppna, hon tog ett steg fram. En välbekant doft letade sig in i hennes näsa. En tung, söt, huvudvärksframkallande doft. En doft som hon i så många år hade hatat, irriterat sig över, klagat på. Nu tog hon ett djuptandetag och försökte hålla kvar doften hos sig. Farmors doft, cigarrök och Eau de

Cologne. Det högg till av saknad i bröstet. Samtidigt som hon kändes så nära, blev hon nu återigen så påtagligt borta. Lydia han inte känna eller lukta mer innan hissen började sin resa ner igen.

IX

Hon är orolig. Mamma är orolig. Jag vet inte varför men jag känner hennes puls öka. Hon stryker sin hand ovanför mig. Jag hör hennes snyftanden. Om jag vilar en stund kanske det blir bättre.

”Men jag hann ju aldrig gå ur!” sa Lydia när hon klev ut genom glasdörrarna. Hon lade märke till att de öppnat sig själva denna gång.

”Hur skulle jag kunna veta det?” undrade Helge något irriterad.

”Du svarade inte när jag ropade. Du vet att det går att kommunicera via hallen. Det är ju inte så att det är helt igenbyggt här. Hörde du inte att jag ropade?”

Lydia såg funderande på Helge. Sedan förbi honom, runt om kring dem i hallen där de stod. Hela hallen, om det var rätt ord för utrymmet, var vitputsad och golvet var klätt med kalksten. De trädetaljer som fanns, var målade i svart. Efter den gröna porten som ledde in till där de stod, kom det nästan direkt en trappa. Den ledde upp till en avsats och sedan vidare upp till höger i en ny trappa. Hon såg inte mer av trappan men hon viste att den fortsatte till en ny avsats innan den svängde av mot Björksalen. Det var inte öppet till tak upp på andra våningen men Helge hade rätt, ljudet borde nått henne. Det var helt tyst i övrigt och hissen slöt inte helt tätt. Hon hade helt enkelt tänkt på annat.

”Fungerade den som den skulle?” undrade Helge.

”Den gick ljudlöst. Den stannade lugnt. Lampan fungerade. Knapparna fungerade”, radade Lydia upp för Helge.

”Ok, jag hittade en lapp här när du var där uppe, där det stod att hissen gått för fort. Men det gjorde den inte nu då?” Han såg henne i ögonen för att få bekräftelse på det han redan visste.

”Det stämmer”, sa Lydia och gick nära hissen igen.

”Ska jag ta en tur till? Så vi ser om det verkligen är ok?” Hon väntade inte på svar utan gick in i hissen och vände sig mot Helge.

”Ja, det kan ju vara bra. Men gå nu ur hissen så vi vet om dörrarna fungerar där uppe, sen kan du gå in igen och åka ner”

Lydia nickade och tryckte på knappen för att åka upp. Hissen stängde sina dörrar om henne och startade färden uppåt.

X

Ögonen är fortfarande grusiga av sömn. Stegen framåt över den nu isiga snön går långsamt och försiktigt. Lycka får upp ett spår på en kanin och börjar dra hårt i sin ände av kopplet. Lydia drar tillbaka men ökar takten. Hon måste vakna till. Snart var det dags att åka till jobbet. Lydia ser ut i morgonens mörker, det är tyst med undantag av någon enstaka bil med någon som börjar tidigt eller slutat sent. Lydia kan inte sluta att tänka på hissen, på den andra resan. Hon måste tillbaka dit. Hon måste och då fick det inte vara någon annan där. Men hur? Helge hade nyckel några dagar till men skulle hon verkligen kunna ta dem? Hon suckar djupt. Låter den kalla luften tränga in i lungorna så det svider. Hon behöver fundera lite till.

Redan halvvägs upp känner hon doften igen. Den välbekanta, den hon saknat. Hon sluter sina ögon och väntar på att hissen ska stanna. Dörrarna är fortfarande stängda, det är en liten bit kvar. Genom glaset anar hon ett skarpare ljus än tidigare. Men ingen är ju där. Slottet är stängt och nyss var det nästan helt mörkt. Lydia undrar men känner sig ändå lugn. Hon känner att det inte är något fel, hon känner sig plötsligt hoppfull.

Hon stiger ur hissen och ut i ljuset. Det är fortfarande ganska skumt men bara några meter ifrån henne är en läslampa i guldfärgad metall tänd. Ljuset från den är skarpt, hon ser ner mot golvet för att skydda sina ögon. Golvet under henne är ett parkettgolv. Borta är kalkstensgolvet som annars klädde slottets golv. Parketten är ganska sliten. Hon tar ett steg närmare lampans ljus och känner igen en mörk fläck i träet. En fläck från vatten som runnit längs en vas. Hon sätter sig på huk och rör vid den. Försöker ta in den med alla sinnen.

Så reser hon sig och går vidare. Hon vet att tiden är knapp. Helge väntar där nere vid hissens början. Men hon måste få en stund till. Under läslampan står en fåtölj i gult läder. Märklig färg, det är precis så som hon minns den. Dynan är nedsutten, det ser ut som någon suttit där nyss. Som om Hon bara gått ut i köket för att hämta något att dricka och snart skulle komma tillbaka. Lydia kände hur hjärtat ökade slagtakten. Hon måste få sätta sig där, få andas in farmors närhet.

”Lydia! Kommer du ner nu?” hör hon en röst studsa upp för trappans omgivande väggar. Hon svarar inte men rösten ropar igen. Och rummet som hon står i är plötsligt vitt och kallt igen. Kallt, mörkt och ensamt.

XI

Hon försöker vända sig. Hon vajar fram och tillbaka. Utrymmet börjar bli trångt. Hennes mamma är stilla. Ligger stilla och gråter. Den lilla kan inget göra. Hon försöker få kontakt, trycker sina små fötter mot väggen som håller henne inne. Det hjälper inte. Gråten blir bara mer intensiv. Den lugnande handen kommer igen, stryker magen i takt med hulkandet. Den lilla saktar ner sina rörelser. Försöker sova en stund.

Det är lördag och ledig dag för Lydia. Hon sitter vid köksbordet med en kopp the och läser tidningen. Snöandet har slutat och det verkar som det ska bli en kall och solig dag. Det kan bli en bra dag tänker Lydia och blir förvånad över att känslan känns äkta.

”Ska vi gå på Slottsmässan idag?” undrar Helge. Hon vänder sig om, överraskad av att han vaknat och gått upp utan att hon hört honom.

”Slottsmässan?” frågar hon och känner hur tankar och känslor vaknar i hennes kropp.

”Ja, eller du vet, Julmässan menar jag. Vill du gå?” Han satte sig bredvid henne och såg henne i ögonen. Hon hade varit så frånvarande, så drömmande de senaste dagarna. Han visste att hon sörjde men han visste inte hur han skulle kunna hjälpa. Kanske kunde hon bli glad om de kom ut och gjorde något mysigt ihop. Lydia behövde inte tänka för att svara, bara hejda sin iver. Klart hon ville gå. Då skulle hon kunna ta sig in i hissen igen. Inte för att hon egentligen trodde på det hon sett. Men om, om det skulle kunna ske igen, så skulle det vara underbart.

”Ja visst, när börjar den?” svarade hon och satte ned muggen.

De hade trott att de skulle vara bland de första besökarna men redan när de körde in i slottsallén insåg de sitt misstag. Kön började redan vid bron ut till vaktposten. En bred träbro som överbryggade den vallgrav som nu mera var torrlagd och på somrarna var ett mysigt ställe att ta en picknick. Själva entrén till mässan var inne i vaktposten, en valvformad passage som stod fungerat som i flera hundra år varit den enda vägen via land in till slottet. Vaktposten stod på en konstgjord ö, som sedan förbands med slottet via vindbryggan. På denna plattform hade det senare byggts ett hus för Slottschefen som nu var den som vaktade slottet. Inte med svärd och rustning, utan med modern teknik som telefon och övervakningskameror.

De fick vänta i kylan i tio minuter innan de kunde komma in på Slottsgården. Där inne var det ett myller av människor och marknadsstånd. Helge ville direkt gå och köpa något att äta, det luktade nämligen väldigt gott från flera av stånden. Hade hon inte känt sådan längtan att få komma till hissen hade hon blivit sugen hon med. Men nu kändes det bara jobbigt att hon skulle behöva vänta ännu en stund. Hur hon skulle bli ensam och komma iväg hade hon ännu inte kommit på.

XII

Solljuset dränker rummet. Lydia går ut genom glasdörrarna och stiger fram över parketten. Nu ser hon hela rummet, inte bara den välkända fåtöljen, utan fåtöljens dubblett på andra sidan det vingliga träbordet. Och soffan som stod i L-formation mot fåtöljerna.
Täckandes hela balkongsidan. På golvet ligger en alldeles för gammal brun och orange färgad luddig matta. Luddet är ojämnt fördelat, på vissa ställen långt, andra kort. Hon behöver inte böja sig ner för att minnas hur det känns att föra fingrarna genom mattans garn. Hon behöver inte lägga sig där för att känna doften av alla dagar som passerat, alla fötter som gått över den. Alla gånger en madrass vilat på den, ett barn lekt att den var ett otäckt träsk eller en farlig djungel. Varje garn i mattan kände henne.

Det stora fönstret ut mot balkongen var som vanligt ganska oputsat. Det var mycket trafik i staden utanför, där, där fönstret och lägenheten brukade vara. Lydia skruvade lite på sig och undrade för ett ögonblick var hon egentligen befann sig. Hon var så hemma här, i lägenheten. Samtidigt visste hon att den inte var där. Bakom sig hade hon två hissdörrar som ledde ner till Slottsgården. Hon var ju inte här på riktigt, tänkte hon och vände sig hastigt om. Där var det en hall. Öppningen mellan vardagsrummet och hallen var utan dörr. Och hon såg bara en bit av en hallmatta som sträckte sig långt i väg, och kanten av en moraklocka. Hissdörrarna var inte där längre. Hon var där.

Genom fönstret såg hon två huvuden, två välbekanta blonda frisyrer. Lydia kände hur det drog i musklerna i magen, i bröstet. Ett starkt sug av känslor som inte kunde tyglas. Hon måste se mer. Det satt två personer på balkongen, en kvinna och ett barn. Kvinnan satt i en stor brunsvart fåtölj och såg ner på flickan som just satte sig på balkongens kalla golv. Solen kunde inte nå ned till golvet, stolen och balkongräcket kastade stora skuggor. Den äldre log mot den lilla och puffade harmoniskt på sin cigarr. Barnet plockade med något i en glaslåda. Lydia såg att hon hade ett salladsblad och ett kuvert och, ja just det, sniglar. I kuvertet hade hon vinbärsnäckor som hon plockat och nu hittade på roliga aktiviteter med. De var väldigt lugna tacksamma djur och barnet var lyckligt bara av att få vara där i stunden. I sin farmors skugga, på det kalla golvet, med all tro på framtiden.

XIII

Kvinnan lyfter blicken från flickan som leker med sniglar, och ser in genom fönsterrutan till sitt hem. Lydia rycker till, hon ser hur blicken söker efter något, någon. Lydia undrar om hon syns. Hon har sett det här på film, hur tid kan böjas och människor kan resa i tid och se sig själva. Det måste vara det som händer, hon hälsar på hos sin farmor nästan trettio år tidigare. Eller är allt bara en dröm? En illusion. Kan man i så fall prata i en illusion? undrar Lydia. Skulle hon våga testa?

Som om någon plötsligt satt igång en inspelning med människoröster och fortsatt att höja volymen, så kom en våg med ljud mot Lydias öron. Ljuset släcktes runt henne, runt balkongen, farmodern och flickan. Allt var plötsligt borta. Det enda hon kunde se var det gröna ljuset från hissen som lockade henne dit. Från någonstans hörde hon människor närma sig. Det var nog från trappan. Hon skyndade sig fram de få steg hon hade till hissen och ställe sig i trygghet bakom dörrarna.

I samma stund hon klivit in i hissen släcktes ljuset även där. Hon stod alldeles stilla. Hon oroade sig plötsligt för Helge, om han saknat henne när hon varit iväg. För hur lång tid hade det gått? Hon hade sagt att hon skulle gå och titta på försäljningen av prydnadstomtar, medan han skulle gå en runda med en kompis han träffade vi strömmingsståndet.

”Stjärna ur fjärran du som i österland tändes av Herran, Stjärnan från Bethlehem leder dig bort men hem.” Vacker körsång välde fram upp genom slottet. Ljusskuggor syntes nu över väggarna i trapphuset, ljus som växte allt starkare.

”Skåda en härligt klar stjärna i öster…” fortsatte sången och nu kunde Lydia på nära håll se den vackra Lucian som skred upp för trappan och förbi henne. En osynlig hand öppnade dörren in till Björksalen så att luciatåget kunde fortsätta dit in. Lydia fick en glimt av att salen var full av åskådare. Tärnorna gjorde sig redo för en ny låt, och Lydia kunde höra dem på avstånd när hon tryckte på knappen för att åka ner.

”Julen är här,
och lyser frid på jorden.
Glädjen är stor,
i ett barns klara ögon bor den”

XIV

Minna ser ut över det kalla mörka kalla vattnet. Det ser hårt ut, trots att det inte har frusit. Hon böjer sig försiktigt och plockar upp en sten från stranden. Hon låter den lilla stenen ligga tungt i handen, känner på den med finger topparna. Hon funderar en stund innan hon lyfter sin arm och låter stenen flyga ut över vatten ytan. Havet slukar stenen. I ögonblicket efter att stenen trängt igenom ytan är spåret av den utplånad. Vågorna blir kraftigare. De grå vågorna rullar mot henne. Hon tvingas ta ett steg tillbaka, och ännu ett. Det är som havet jagar henne. Det vill inte ge henne några svar eller tröst. Hon tar på sig sina vantar igen och går sakta vidare längs stranden.

Lydia skjuter undan boken. Hon vill öppna den igen för att slå igen den hårt, så som när man slår igen en dörr så att karmen darrar. Frustration. Frustration var det hon kände nu, från att ha varit lugn, känt sig tillfreds och varit glad för att vara på väg att läka inombords. Nu var hon ute på en riktigt tunn is igen. Hon halkade runt, i sitt letande. Det fanns inga svar i boken. Inte än. Den gav henne ledtrådar i början. Ord och fraser som hon tolkat som budskap. Men nu, nu var det mest en massa dravel, en historia om hur en by i Japan bildades. Vem blir glad av det?

Den svarta boken knuffar till högen med reklamblad. Blandningen av glatta broschyrer från leksaksaffärerna gjorde att högen snabbt spred sig över köksbordet. Typiskt! Tänkte Lydia och bet sig själv i läppen för att inte brista ut i gråt eller falla för lusten att kasta ut papperna över hela köket. Hon börjar fokuserat lägga upp reklamen i en skapligt fin hög igen.

Fira julen på Kalmar Slott

Hon såg på tidningen som stack ut några centimeter från högen. Hon läste igen men kände sen att modet sjönk. Det var väl bara ett gammalt blad om Julmässan. Trots att hon misströstade så drog hon fram tidningen. Ögonen scannade snabbt av första sidan. Under rubriken var en traditionell bild på slottet i vinterskrud som sedan följdes av texten *Kom och upplev lugn, ro och gamla traditioner under december månad. Slottet står öppet för dig, alla dagar från 14 december till 24 december, från sju till sju.* Lydia lade tidningen åt sidan. Hon kände hur lugnet och värmen började komma tillbaka. Hon lade den svarta boken försiktigt överst på reklamhögen, som om hon ville be den om ursäkt. Den kanske hade gett henne några svar trots allt.

XV

Det går inte att se ut genom dörren. Hissen glider sakta upp till andra våningen med Lydia som enda resande. Ljuset där inne är varmt men det ljus som de andra gångerna trängt ur hissen studsar nu tillbaka mot henne. Hon får en kort känsla av instängdhet innan hissen stannar till. På andra sidan dörren möts hon av ett skynke. Ett tungt brunaktigt tygskynke. Hon ler, även om den välbekanta hugget i bröstet i samma stund dyker upp. Hon är hemma, hemma hos farmor igen. Och det var ju därför hon gått dit. Hon var ju där för att känna, känna och minnas eller minnas och känna...

Hon tar av sig sina skor och sätter dem på dörrmattan vid sida av dörren. Det är alldeles tyst i lägenheten. Eller kanske inte riktigt tyst, hon hör någon som andas. Tunga andetag, som övergår till snusningar. Någon sover. Lydia går försiktigt in i sovrummet som är det rum som ligger närmast ytterdörren. Sovrumsdörren, som är brun liksom alla de andra dörrarna i lägenheten. är inte helt stängd. Dörren står på glänt så att hon behöver bara knuffa upp den lite lätt för att komma in. Det lilla rummet är klätt med ljusa tapeter, och fönstret klätt med en vit spetsliknande gardin. Möblerna skiftar i färger och stilar. Direkt innan för dörren står en vit stor gungstol. Det är en lite finare stol, inte en sådan som gamla gummor i sagor sitter i, utan mer en stol för herrgårdsfolk tänker Lydia. Men hon undrar samtidigt vad herrgårdsfolk är, även om det kändes om rätt ord. Vid sängens ände ligger ett randigt, mjukt maskintillverkat överkast i blåa nyanser. Lydia älskar det överkastet. Färgerna vävs in i varandra som en sommarhimmel med små dimstråk, eller som färgerna på en vacker sommarsjö. Hon brukade ligga där på sängen när hon vara liten och drömma sig bort i det stora blå. Nu när hon såg det började tårarna leta sig fram. Hon kunde inte låta bli att tänka på sista gången hon sett det, och på vart det tagit vägen sedan.

Madrassen var bäddad på golvet. Manglade lakan, örngott med spetsar och broderier, och ett stort gröngult luftigt täcke, som bäddats med överlakan. Lydia satte sig ner, på madrassen. Sträckte ut sin hand efter en blå biblioteksbok som låg bredvid kudden. ”Det blåser på månen” läste hon. Hon lade bokens pärm mot sin näsa och andades in. Som för att andas in hela stunden. För att spara minnet av det förbigångna, den passerade tiden.

Ett skarpt ljud från sängen bredvid henne fick henne att rycka till. En rossling, en harkling och en djup suck följde på varandra. Sedan vände sig den sovande om i sängen. Sängen skakade till, och blev sedan stilla igen. Lydia lade sig tyst med huvudet på kudden. Hon vågade inte blunda än. Tänk om allt försvann. Hon tänkte på hur många gånger hon varit orolig för att farmor skulle sluta andas, när de sov där tillsammans. Hon hade oroat sig för vad hon skulle göra. Vem hon skulle ringa. Tänk om hon skulle bli ensam där. Samtidigt som hon såg sin farmor som en stark och varm kvinna som klarade allt, så när hon låg där i sängen snarkandes, med de blonda lockarna stickandes utanför täckets kant, så verkade hon bräcklig ibland. Men det var nog mest vetskapen om att allt har sitt slut som fick Lydia att ligga vaken på nätterna bredvid farmor. Hon ville inte att det skulle ta slut.

Någon skrek. Ett metalliskt skrikande ljud skar in i hennes öron och väckte henne. Hon satte sig upp på stengolvet och såg sig förvirrad om. Hon satt på golvet i en stor tom slottssal, hur länge hade hon sovit? Skriket hördes igen. Men nu mer som ett lockrop. Hon reste sig snabbt, tog sina skor i handen och rusade mot dörren och vägen till hissen. Hon hann precis komma fram till hissen, då den stannade till med ett sista oljud. Hon såg genom glaset att den inte var tom. Snabbt, fortsatte hon framåt. När dörrarna öppnades stod hon tyst i trappan och knöt skorna.

XVI

Minna ser ner på sina svullna fingrar. "...16, 17, 18, 19, 20" räknar hon tyst och byter sedan hand och fortsätter "21, 22, 23..." 8 dagar kvar till julafton och hon hade ännu inte orkat handla några julklappar. Hon hade ont i ryggen, ont i magen och näsan rann. Hur skulle hon orka? Men tänkte hon, julklappar var just nu hennes minsta problem.

Hon snöt sig igen. Gick in på toaletten för att skölja det trötta ansiktet och hämta mer papper. Hon orkade knappt se sig själv i ögonen. Hon hade skulkänslor. Hon skämdes för att hon inte ville bli mamma till sitt barn. Att hon inte hade mod och kraft nog att ta sitt ansvar. Men kanske ännu mer för att hon låtit sig själv komma i den sits hon nu var i.

"Lydia?" ropade Helge med glad röst, så fort hon lyckats få upp dörren på glänt. Hon var tvungen att hålla i mot den så den inte skulle blåsa upp och slå i trappräcket. "Lydia?" hörde hon hans röst mer frågande denna gång eftersom hon inte svarat den första. "Ja, det är jag. Jag har lite problem här bara, kan du hjälpa mig?" Helges fotsteg hördes i trappan från övervåningen. Stegen lät mer ju närmre de kom.

Strax var han framme med två hjälpande händer till kassarna hon sträckte ut.

”Du får inte titta i dem!” förmanade hon honom bestämt men vänligt. Hon hade passat på att handla några julklappar på vägen hem, de flesta till sina syskonbarn men det fanns även någon till honom där i.

”Jaså”, sa Helge och lyfte påsarna upp i luften, till brösthöjd och kikade retfullt ner i dem. Lydia stängde lugnt dörren. Hon log finurligt mot honom. Hon hade räknat ut hans reaktion i förväg och viftade nu med en påse som hon hade i sin hand, den i vilken hans klapp låg.

”Gick du på den lätta?” sa hon och gick in till gästrummet med påsen utan att ta av sig skorna. Helge försökte göra en besegrad min men hakade på i leken och följde efter henne genom hallen. ”Nej, nej, gå inte in där, där är ju dina klappar…” Lydia släppte handtaget och vände sig om förvånat men såg snabbt att hon blivit lurad. Hon snurrade snabbt tillbaka, öppnade dörren, ställde in påsen och stängde snabbt igen. ”Nu kan ingen gå in där då…”

När hon lät ögonlocken falla den kvällen, låg hon återigen på madrassen bredvid sin farmors säng. Hon såg upp mot sängen, såg den mjuka madrassen som sviktade nedåt och bildade en skål runt kvinnan som vilade i den. Hon såg armen som vilade avslappnat intill den av täcket skymda kroppen. Hon såg den lilla något skrynkliga handen med den ljusa men tjocka huden. Lydia ville så gärna sträcka ut sin egen hand och ta den i sin men hon vågade inte. Hon visste att hon inte kunde nå den, den var allt för långt borta från henne.

XVII

Lydia drog i jackans dragkedja med tänderna. Den var hela vägen upp. Ändå kände hon den kalla vinden som letade sig in över kragen in genom halsduken. Det snöade igen och hade blivit varmare… konstigt för nu frös hon mer än någonsin denna vinter. Hon skyndade sig fram över kullerstenen med sikte mot slottet. Hon måste skynda sig så inte Helge började undra varför hon kom hem sent, om hon måste köpa julkappar varje kväll skulle hon bli ruinerad. Hon hörde fågelsång på avstånd. Ett svagt susande ljud långt, långt bort påminde om bilar som körde. Hon hörde vinden blåsa, och fåglarna tystnade.

Hissen stannade. Lydia gick instinktivt mot dörren, som inte rubbade sig. Det gjorde ont i handen som hon satt fram för att öppna den. Hon kramade med fingrarna i luften och vände sig sedan till displayen för att trycka på nerknappen. Om hon inte kom ut fick hon väl börja om. Men knappen gav inget utslag vid beröring. Istället slocknade hissens stämningsfulla ljus. Och det blev alldeles mörkt och tyst.

Ung kärlek brukade folk säga och le drömmande. *Ung kärlek* skulle vara glada, vackra, kanske vilda och galna minnen av en tid som aldrig kom igen. Ingen tid kommer igen, suckade Minna. Hade hon kunnat gå tillbaka i tiden hade hon undvikit kärleken. Den hade bara ställt till bekymmer. Ung kärlek är bara vacker för den som ser på utifrån, för den som drömmer och längtar. När man är i den så är den intensiv, härlig, orolig och trollbindande. Men när man lämnar den är det som att ha doppats i en spann med kallt vatten och rullats runt i ett grustag. Hon kände sig fortfarande mörbultad, även om det var sju månader sedan den brutalt lämnat henne ensam. Men hon blev starkare för varje dag. Ännu kunde hon inte läka. Men nu såg hon vägen dit.

Lydia sjönk ner på hissens golv och lutade sig mot väggen. Men hon föll bakåt och lyckades ta emot sig med höger armbåge. Hade hon tagit så fel på avstånd? Det verkade märkligt. Sen kände hon att det var blött och kallt där hon satt sig. Hon hade väl dragit in snö i hissen när hon kom. Typiskt att hon skulle sätta sig mitt i det. Hon flyttade sig ett steg till vänster men det var ännu kallare där. Hon flyttade framåt, och kände hur snön under henne bromsade hennes försök. Hon började sakta se sin omgivning. Ljuset som ökade i styrka var vitt dagsljus, och hissens väggar var inte längre synliga. Istället satt hon på en snövit stig, omgiven av höga träd. Hon hörde återigen ljudet av bilars rörelse i fjärran.

XVIII

Kalla små snöflingor landade på hennes bleka kinder. De smälte snabbt och bildade små pölar som sedan samlades och gled utför, ner mot marken. Lydia såg upp mot den blå himlen och betraktade den fallande snön. Den hypnotiserade henne, det kändes som hon drogs upp ur den kalla snön.

”Lydia kom nu, du blir kall!” hörde hon en barsk välbekant röst säga. Hon såg inte vart den kom ifrån. Hon såg bara flingorna som dalade ner och fick huvudet snurra.

”Lydia!” Nu lät rösten nästan arg. Hon förstod att det var allvar, och hon ville så gärna lyda men rädslan för att Hon inte skulle vara där om Lydia såg på henne, gjorde att hon väntade ännu en stund.

En handskbeklädd hand greppade hennes lovikavante och drog henne upp till stående. Lydia kände igen den gråsvarta pälsen, de svarta skinnstövlarna med broddar. Och handen som höll i hennes, som fick hela hennes kropp att värmas, trots att det var både ull och skinn mellan dem. Hennes farmor. Hon var där. De var tillsammans igen. Hon vågade inte blinka av rädsla att stunden skulle försvinna. Hennes farmor började gå. Hon hade släppt taget om Lydia och paniken att hon skulle gå ifrån henne började plötsligt växa.

"Vänta, jag kommer!" ropade hon och hörde att rösten lät mindre än vanligt. Hon försökte hinna med sin farmors steg. Men stegen var så små. Snön var tung att gå i och farmors steg verkade så snabba. Hon såg upp mot träden som omgav dem och insåg att allt var så mycket större än sist hon varit i parken. Men när hon såg ner på sin jacka och byxor förstod hon att det inte var världen som var stor, bara hon som var liten. Lydia pulsade på bakom sin farmor upp för backen, nu var det inte långt kvar innan de skulle vara hemma. Skulle de hinna dit? Hon kände att hon var trött i benen och hon ville att hennes farmor skulle vänta. Hon ville få vara närmre, få lite mer tid tillsammans.

"Farmor, jag orkar inte mer. Kan vi inte vila?" frågade hon försiktigt men så att det skulle höras.

"Du orkar", svarade hennes farmor kort. "Du är en stor flicka Lydia" Det började bli varmare, solen värmde hennes ansikte. Hennes steg blev längre och lättare, och Farmors kortare. Plötsligt var hon ikapp och hon lät sin arm slinka in under sin farmors så de fick armkrok. Hon höll armen tätt intill sin sida. De fortsatte gå, framåt. Ut ur parken, ner längs trottoaren. Och bakom sig hörde hon att fåglarna börjat sjunga igen.

XIX

Minna såg upp mot stenbyggnaden som verkade växa för varje steg hon tog. Det hade varit ett gammalt slott men efter kriget hade dess väggar inte lagats och det var numera bara ett skal. Men det var ändå mäktigt att se på och det var en lugn plats att besöka. När hon var liten, som just nu kändes som för väldigt länge sedan, hade hon varit på ett riktigt slott. Hon mindes inte vart, kanske var det på en semesterresa utomlands. Det slottet hade varit så vackert. Hon mindes de stora salarna, med fina tavlor och underbara väggmålningar. Hon kunde särskilt minnas en önskebrunn som hade stått mitt inne på slottets gård. Där hade hennes pappa lyft upp henne så hon kunde se ner och kasta ner ett mynt. Hon hade önskat att hon en dag skulle få bo i ett sådant fint slott, med en stor familj, och vara rik och betydelsefull. Vilka drömmar tänkte hon, och såg ner mot sin för varje dag tjockare mage. Vad skulle det bli av henne nu?

”Du är min prinsessa!” hade hennes pappa sagt. Minna kunde fortfarande känna hur lycklig hon blivit varje gång han sagt de orden. Hon ville få fortsätta vara hans Prinsessa ett tag till. Hon var inte färdig att kastas ut i vuxenlivet även om hon varit där på besök.

Om hon fick slänga en slant i önskebrunnen nu, skulle hon önska att den lilla i hennes mage skulle få bli någons prins eller prinsessa.

Dammsugaren for fram och tillbaka över golvet. Helge lagade mat till kvällen och hon försökte få ordning i huset inför julpyntningen. Tankarna for av och an. Promenaden i parken hade varit så verklig. Var det något med hissen eller var det bara hon som höll på att bli tokig? Allt som hänt på slottet hade varit som på riktig. Ändå visste hon att det inte fanns där, eller vad var det hon visste egentligen?

Lydia hade inte fått följa med sin farmor in i trappuppgången. När de kom fram till porten och farmodern tryckt på knappen som öppnade dörren hade hon vänt sig mot Lydia. Hon hade låtit sin hand nudda Lydias kind och tackat henne för promenaden. Hon hade sagt att hon behövde vila och att Lydia hade saker att uträtta. Lydia hade stått där mållös. Hon hade inte velat säga adjö, hon tyckte att allt det andra kunde vänta. Men hon fick inte medhåll, hennes farmor var som vanligt bestämd. Iväg med dig nu hade hon sagt kärleksfullt och gett henne en sista klapp.

Dörren hade stängts och Lydia hade tvingats tillbaka till verkligheten. Trots att hon fått det som hon önskat så var hon fortfarande trasig inuti. Men kanske att det skulle kännas bättre om hon lyckades uträtta något. Så nu försökte hon, även om dammsugning antagligen inte var riktigt det hennes farmor menat. Men ändå, det var något som kunde bockas av listan.

XX

Hon drog på sig vinylhandskarna, tog en flaska sprit i den ena handen och en hög med Torky i den andra. Idag var det hennes tur att göra i ordning i kylarna. Hon kollade en extra gång att hon hade stoppat jourtelefonen i rockfickan och gick in i förrådet. Lydia vände rutinerat på blodpåsarna. Tre gånger vaggades de och lades tillbaka på den nyspritade hyllan. Det var viktigt att allt hamnade i rätt ordning men hon behövde inte lägga så mycket energi på det hon gjorde. Tur var det för hennes tankar vandrade iväg, långt bort från det förrådet, långt bort från sjukhuset. I sina händer hade hon möjlighet att rädda liv men hon hade inte haft möjlighet att rädda den hon älskat. Men det hade inte varit hennes val, hon visste det. När en människa är redo att lämna och har bestämt sig. Då gör hon det. Lydia kunde förstå det och var trygg i det. Men det hon ännu inte kunde lämna bakom sig var att hon inte varit där när tiden var inne.

När hon satte sig på cykeln kunde hon inte bestämma sig för om hon skulle cykla hem, eller ta rundan runt slottet. Hon kände sig inte riktigt klar än, hon kände på sig att det fanns fler svar att få. Kanske var det bara som hon hoppades men hon ville dit igen om ifall att. Hon började trampa, cykeln gled i snön. Det hade kommit ännu mer snö, ännu mer och ännu mer. Det var den vitaste december hon kunde minnas. Fyra dagar kvar till jul, skulle det kanske bli en vit jul i år. Det verkade osannolikt att all snön skulle kunna tina innan Julaftonen men när det gällde snö kunde man aldrig veta. För Julafton verkade vara den dag som snön alltid ville hålla sig borta.

"Vill du ha skjuts?" hördes en vänlig röst som fortfarande skapade fjärilar i hennes mage. Han hade ställt sig en bit upp på trottoaren och såg på henne genom den nervevade rutan. Han hade bestämt åt henne, det skulle bli färd hem idag, det var ett klokt beslut.

"Å, tack vad snäll du är!" svarade hon och hoppade av cykeln försiktigt.
Helge hoppade ur bilen för att hjälpa henne och tillsammans fäste de cykeln på bilens cykelställ.

"Jag tänkte vi kunde äta ute idag, om du har lust?" sa han när de fäst den sista remmen. "Ja visst, hade du tänkt något särskilt ställe?" svarade hon och öppnade sin bildörr. "Jo", svarade han, och hoppade in i bilen och satte på sig bältet. Jag har faktiskt bokat julbord för oss på slottet. Vad tror du om det?

XXI

Det var som ett beroende, hon var beroende. Lydia hade knappt hunnit in på slottets innegård innan hon började snegla bort mot den del av slottet där hissen fanns. Men hon skulle inte dit nu, de skulle äta och ha trevligt och glömma allt jobbigt bakom sig en stund. Det skulle bli mysigt tänkte hon och drog sig närmare Helge. Hon stal hans värme de sista stegen in mot gästabudssalen.

Salen var mörklagd men väl upplyst av ljus i alla de slag. I salens hörn stod stora kandelabrar, på väggarna satt enklare ljushållare i medeltida tappning, och på borden stod breda, låga blockljus i rejäla metallbehållare. De togs emot av en kvinna i historisk utstyrsel, som bjöd dem på glögg från en bricka. Julmusik spelades och sjöngs av några ungdomar i salens bortersta hörn. Genom de få fönstergluggar som fanns i salen kunde de se kvällens mörker och juldekorationer från konstmuseet en bit bort. Det gamla och det nya möttes genom mörker och julstämning.

Maten var gudomlig. De hade bara hunnit med det kalla, och redan var de färdiga att lägga sig och vila. De beställde in mer att dricka och tog en paus i ätandet. De betraktade familjerna som satt vid borden bredvid dem. Första familjen hade en pojke i 4 års ålder, det hade han berättat själv för Lydia när de stod i matkön, och en flicka som var några år yngre. Flickan satt i barnstol och gjorde kanske inte så mycket väsen av sig till en början men när hennes storebror började dra i hennes hår, och hennes mamma skällde på brodern, då tyckte hon inte om situationen och började gråta. Pojken fick mer skäll och sprang i väg för att hitta på bus någon annanstans.

"Vissa dagar är man glad att man inte har några barn", sa Helge men bet sig i läppen så fort orden trillat ut. Lydia såg på honom och med uppgiven blick. "Ja, det finns ju faktiskt någon fördel", svarade hon och insåg att hon menade det. "Vi har det riktigt bra vi två!" lade hon till och lyfte sitt glas mot honom. "Du och Jag...", sa han och lade huvudet lite på sned som för att syna henne för första gången och mötte sedan hennes glas med sitt i en tyst skål. "Du och jag och Lycka...", funderade han högt. "Men det får gärna bli ännu bättre!"

Han avbröt stunden med ett överraskande skutt ur stolen och utbrast: "Kom, nu tar vi mer mat!" När de kommit halvvägs med andra rundan mat klev en av Helges arbetskamrater med fru in i salen. Helge vinkade till dem att de skulle sätta sig vid deras bord. Lydia hade träffat dem båda flera gånger innan och de utgjorde ett glatt och trevligt sällskap. Helge och Jocke berättade om sitt nya hissprojekt i Oskarshamn och Lydia och Stina lyssnade intresserat. Vilken tur för henne att Jocke och Stina hade kommit och att de kommit lite senare. Nu kunde hon ta en lite längre runda till toaletten utan att Helge skulle lämnas ensam. Men först skulle hon ha ostkaka med sylt.

XXII

När hon klev ur hissen kände hon för första gången inte igen sig. Först var det helt mörkt, med undantag av en liten lampa som lös längst bort i rummet. Lampan gjorde att stora skuggor bildades på väggarna, av saker som hon inte kunde se. På golvet framför lampan, som var av stående typ, såg hon en rödrutig filt.

Hennes raska steg blev tystare när hon såg att det satt någon på filten. En liten en. Hon vågade knappt andas för hon var rädd för att skrämma den lilla, för även om hon inte såg ansiktet än, anade hon att det var en tjej. Barnet som satt på filten med ryggen mot henne var klädd i en röd och vit dress, det liknade en klänning. Ju närmare hon kom och barnet fortfarande inte upptäckte henne, började hon tycka att situationen var obehaglig. Hörde hon inte? Eller var det kanske en docka? Men hon rörde på sig, sträckte ut sina små armar för att få tag på en leksaksbil som rullat i väg en bit. Hon sträckte sig så mycket att hon ramlade framåt på magen. Men hon förblev tyst. Barnet verkade se sig om efter hjälp men hon varken skrek eller grät. Hon fortsatte framåt mot bilen, och lyckades på något vis komma åter i sittande position igen. Hon klarade sig bra själv.

Lydia visste inte om hon skulle våga gå närmare flickan. Hon ville så gärna veta vem hon var och varför Lydia fått möjligheten att träffa henne. Det var ingen hon kände igen, hon förstod inte vem flickan var. Hon hade inte gått tillbaka i tiden, det var inte sig själv hon såg och inte hennes farmor. Flickan som satt på filten och körde med sin blåvita polisbil, hade rödaktigt hår uppsatt i två små tofsar med vita gummiband. Hennes hy var blek förutom de anlag hon bar med sig verkade hon varit inne mycket. Men det som gjorde henne säker på att det var framtiden hon såg, var att kläderna och leksakerna var moderna. Det var saker hon skulle kunna köpa i en affär idag. Polisbilen hade hon varit nära att köpa till sin ena systerson och klänningen, den hade hon önskat att hon en dag skulle få köpa.

Lydia satte sig på huk framför den lilla och såg rakt in i hennes duvblå ögon. Barnet såg tveksamt ut, hon föll inte direkt för Lydia. Men Lydia satt lugnt kvar, hon log mot flickan men fortsatte vara tyst en stund. Flickan började sakta le med ögonen och sträckte fram en av sina små händer mot Lydias ansikte. Lydia lät henne känna, utforska hennes ansikte. Sedan sträckte Lydia ut sin hand och lade den mjukt på flickans kind. Hon fick för en sekund känna den mjuka varma huden mot sina fingrar och känna värmen som fyllde på i hjärtats hålrum. Sedan försvann rummet hon satt i, flickan, leksakerna och filten.

Hon lät stegen mot hissen bli långsamma, som om det kanske skulle hända att flickan kom tillbaka igen. Vem var flickan? Varför var hon där ensam? undrade Lydia. Lydia hade önskat att hon kunde vara säker på att få se flickan igen. Hon ville få krama henne, få henne att skratta, få henne att känna sig trygg. Men med den här hissen verkade inget gå att bestämma, tänkte hon och tryckte hårt på knappen. Hon måste tillbaka till de andra nu innan de började undra. Hon skulle säga att hon behövt röra lite på sig för att inte somna. Det var ingen lögn, hon var mätt och hon hade gått. Men kanske att det fanns lite plats kvar för något sött nu.

Lydia betraktade spegelbilden i hissens glasdörr, innan hon skulle kliva ur. Hon förvånades av hur lugn och lycklig kvinnan på andra sidan såg ut.

XXIII

Det ringer på dörren. Lycka far som en projektil ut i hallen och börjar hoppa mot handtaget. Lydia skyndar sig fram till dörren. Det ringer igen, det är kallt ute och de som väntar har mycket att bära. Lydia lägger en arm runt Lyckas hals och lyckas med den fria handen låsa upp dörren. Kylan rusar mot henne och några kvicka snöflingor passar på att landa i hennes ansikte innan besökarna kommit in och stängt bakom sig.

Äntligen var de framme. De första julgästerna. Lydias syster med man hade rest långt. De hade en taxi som väntade utanför med mer bagage så de gjorde en snabb hälsning och sprang återigen ut i snöovädret. ”Det märks att det är en riktig gran i alla fall”, sa Lydias syster och såg ner på barrhögen under granen. ”Ja, det är märkligt vad den barrar mycket, den ser ju levande ut fortfarande och den luktar ju otroligt mycket, så den borde ju vara frisk”, svarade Lydia och hämtade sopkvast och skyffel. De hade funderat på att sätta granen på altanen men, ”är det jul så ska det lukta och kännas” hade de kommit fram till, så granen fick stanna inne. Åtminstone någon dag till. Hon stannade upp i sitt sopande och såg granskande på granen. Beklädningen med glitter och kulor hade helge gjort riktigt bra. Han hade inte hängt på allt pynt som hon brukade, och det gjorde att granen för engångsskull såg lite stilig ut. Men snygga kläder kan inte dölja allt, granen framför henne var nog den konstigaste gran hon sett. Den stod rakt och grenarna var ganska jämnt fördelade även om de stack ut lite långt. Men stammen. Den såg ut som den blivit misshandlad som liten. Den var alldeles krokig. En liten bit över julgransfoten stack stammen plötsligt av till höger, för att sedan gå rakt upp, och en bit högre börja räta upp sig i en S-formad historia. Märkligt, att den klarat sig med den stammen. Det måste vara en riktig överlevare tänkte Lydia.

Det ringer på dörren... Dags för nästa gästande familj att komma. Denna gång Lydias ena halvsyster med man och två små barn. Ljudnivån höjdes genast ett steg. Lycka trissade upp sig själv och började plocka av barnen vantar och mössor. Lydia fick jobba hårt för att hinna få fatt på alla de stulna plaggen. Men det var en härlig känsla som började sprida sig, i både hus och hjärta, även om hon kände hur huvudet började värka och blodtrycket stigit några enheter. Det skulle bli så skönt att ha alla om kring sig. Det var ju ändå det julen skulle handla om, familjen och kärleken. Hon längtade efter att bli hel.

Den lilla försökte röra sig för att tala om för sin mamma att allt var bra. Men hon satt som fast, det var trångt hennes varma utrymme. Hennes mamma var trött, hade svårt att vila. Hon brukade säga till någon där ute att det gjorde ont. Och hon grät så ofta. Var det hennes fel? Kunde hon göra något för att hjälpa? Kanske var hennes mamma arg för att hon var där inne? Den lilla förstod inte vad det var som var fel men något måste göras. Kanske var det dags att lämna tryggheten.

Mörkret hade lagt sig, och julafton närmade sig mint för minut. Nu var nästan alla på plats. En syster skulle komma på julaftonen men resten var nu utspridda i huset med olika julaktiviteter. Matlagning, rimning, paketinslagning varvades med städning, nattande av barn och promenad med hundarna. Lydia lade sig på sängen i sitt släckta sovrum och såg upp i taket. Hon slöt ögonen och lyssnade på alla ljud som rörde sig i huset. Nu kunde julaftonen få komma.

XXIV

"Ett barn är fött på denna dag... Så var Guds välbehag..."

Textraderna smög sig in under täcket där Lydia grävt ner sig. Någon hade startat julaftonens morgon med att sätta i gång en julskiva, kanske för att de alla skulle vakna och för att få upp stämningen. Det fungerade bra, hon drog ner täcket och gjorde sig redo för att hoppa ur sängen.

Efter ett stressigt letande efter ytterkläder snörade hon till sist på sig skorna och kopplade ihop sig med Lycka. Lydia hade en egen tradition som hon värnade om, sin jul-jogg. Hon brukade alltid oavsett väder på julafton sticka ut och springa en liten runda. Något år hade hon varit väldigt förkyld, så det hade blivit lite lugnare och året hon varit gravid hade det bara blivit en promenad i stället. Men i år var hon frisk och hon hade en hund som äntligen ville skutta med. Så hon lämnade hela släkten med frukostbestyren och gav sig iväg ut i den kalla friheten.

Hela julafton låg framför dem. Några hade fått uppdrag att stå i köket, andra skulle fixa färdigt med julpyntande, dukande och allt det andra praktiska. Det var så mycket att göra. Trots att julafton var här så släppte inte stressen. Fram till maten var klar skulle det vara fullt upp. Hon mindes hur lång julaftonen brukade kännas när hon var liten. Barnen, hon, hennes syskon och kusiner, brukade hjälpa till att julpynta och klä granen som någon just tagit in. Nu när hon var vuxen kunde hon inte förstå hur någon fick tid och ro att hugga en gran på julaftonsmorgon men kanske var det samma sak som hennes joggingtur. Det var den aktivitet som gav mest ro och laddade batterierna till resten.

När de pyntat färdigt hade inte barnen haft några fler uppgifter. De hade lekt, spelat spel och väntat och väntat. De hade säkert drivit sina föräldrar till vansinne med sina frågor

"När kommer tomten? När ska vi äta? När ska vi se Kalle?"

De brukade alltid äta efter Kalle och trots att deras farmor sagt till dem, tydligt och bestämt vid frukosten "nu äter ni ordentligt för det blir ingen mer mat innan klockan fyra", så var de hungriga igen redan klockan tolv. Tur att det fanns julgodis och frukt framme att livnära sig på.

Leo skulle möta Minna inne i slottsruinen. Hon hade inte pratat med honom på sju månader men den här dagen kände hon att hon hade fått nog. Hon ville inte lösa allt på egenhand. Hon behövde någon att dela sina bekymmer med, oavsett om han ville det eller ej. Hon gnuggade handen längs ryggslutet, det gjorde ondare nu. Krampande ont i både rygg och mage. Men det var inte dags än, de hade sagt till henne att det kunde kännas så här långt innan. Hon hade klätt sig ordentligt varmt den här gången, till och med tagit med sig fika och en filt att sitta på. Hon visste inte hur länge de skulle prata och nu var hon hungrig nästan jämt. Det gjorde ont i magen igen. Var den lilla också nervös nu? Hon kände sitt eget hjärta slå hårdare, hon var rädd men det här var något hon måste göra.

Han frös och knöt sina händer nervöst i jackärmarna. Han visste inte vad hon ville, han visste att hon skulle föda hans barn men han visste inte vad han skulle kunna göra. Hon hade valt och han hade valt. De hade inte kommit någonstans, och nu stod de här framför varandra i en ruin. Det kändes så overkligt. Var det verkligen på riktigt? Han kände att han var tvungen att sätta sig ned en stund.

Lydia stannade en stund för att hämta andan. Hon svängde av från cykelvägen in på en stig i skogen. Det var som något slet i henne. Hon ville vara någon annanstans. I en annan tid. Kanske var det bara sorgen över att bardomens jular var förbi. Hon ville inte känna sorg men ändå kände hon sig tvungen att minnas ännu en gång. Minnas hur det var när alla var samlade Minnas hur hennes farmor satt vid salsbordets huvudände. Bredvid satt hennes äldsta son, Lydias farbror. Runt bordet satt också resten av syskonen och några av deras barn. Lydia satt på golvet med några av sina kusiner och några satt på ensamma stolar från ett annat rum. Salen var fylld till bredden, de stora skuggorna längsmed väggarna stillnade, nu skulle de alla lyssna till julevangeliet. Lydia hade tyckt om att lyssna till bibelläsningen. Farmor fick hjälp att slå upp den gamla bibeln. Bokens sidor lystes upp av juljusen på bordet. Alla var tysta och trots att nästan alla hört texten förut så var det som om just de orden, där och nu, var en besvärjelse som fick alla att känna riktig julstämning och ha hopp om en underbar framtid.

Det kan inte vara sant, tänkte Minna och såg förskräckt på Leo. De hade satt sig på golvet av det innersta rummet i ruinen. Det hade fyra hela väggar och en ganska liten dörröppning. Hon trodde det var ett tvättrum eller rengöringsrum på något vis, för i rummets mitt stod en stor fontänliknande balja. Den var murad och var utsmyckad med blått och vit kakelliknade sten. Vilken tidsålder det var hade hon ingen aning om. Men det såg ut som något som flera kunde tvättat antingen sina händer eller sina kläder i. Längs väggarna i rummet fanns några större kar, de var breda som en stor fot och satt lågt. Hon antog att det var just för att tvätta fötterna. Hon och Leo hade lagt ut filten på ett av fotkaren och satt sig på kanten. Nu kände Minna att filten blivit alldeles blöt, och att vätskan som var orsaken kom från henne. Vattnet hade gått. Hon var inte redo, hon hade inte hunnit förklara för Leo. Hon kände en kraftig smärta och kände hur hon tappade all kontroll över situationen.

Det hela hade gått fort. Hur de hade lyckats skulle de aldrig kunna återberätta. Det var som om en osynlig hjälpande hand grep in och visade dem vägen. När Leo lagt barnet i Minnas famn hade han tagit av sig sin fleecetröja och sträckt den till Minna utan ett ord. Hon hade virrat in den lilla flickan i tröjan.

Leo nickade mot handfatet i mitten. Han hade redan lagt ut filten där, och vikt den med det blöta nedåt. Minna sträckte ut byltet hon höll i sin famn mot honom, hon ville att han skulle hålla flickan en gång innan de lämnade henne. Hon reste sig trött upp och vände ryggen till Leo och barnet. Hon blundade hårt, riktade sedan sina steg mot dörröppningen. Hon vände sig aldrig om.

När polisen i den lilla byn fick samtalet från Leo satt de och lyssnade på musik och drack kaffe. Polismannen med luren släppte förvånat bullen och hans kollegor reste sig snabbt. Leo hade inte uppgett sitt namn, han hade bara beskrivit vägen till barnet. För Minnas skull var det viktigt att ingen visste vem som var barnets föräldrar. De hade varit överens om att det var den bästa lösningen för alla tre.

”Det finns ett nyfött barn i det gamla slottet!”

”I slottet varför det?”

”Vem var det som ringde?”

”Spelar det någon roll? vi måste dit”

”Det är kallt, vi måste skynda oss”

Rutin och skarpsinthet verkade lämnat de tre poliserna i samma stund som de fick höra om barnet. Men de var målinriktade och tog sig snabbt fram på vintervägarna. De visste vart de skulle.

Lydia lät det varma vattnet väcka musklerna till liv. Känslan av att behövas någon annanstans var fortfarande så stark och verklig. Men, tänkte hon, det är väl för att jag inte borde stå här och såsa när alla mina kära är här för att fia jul med mig. Kanske var det så enkelt. Hon borde skynda sig. Vattnet som landade på hennes axlar var plötsligt kallt. Hon ryckte till och huttrade. Hon drog ner en handuk från duschkabinens kant för att värma sig. Hon sträckte handen genom den kalla vattenstrålen och stängde av. Med handen på vattenkranen märker hon hur rummet först blir helt mörkt för att sedan sakta tändas upp av ett grönt ljus bakom henne. Hade detta hänt en månad tidigare hade hon blivit rädd men nu var det som om inget längre kunde förvåna henne. Nyfiket vände hon sig istället om mot ljuset.

När hon vänt sig om såg hon att hon var inne i hissen. Hon vred sig ett helt varv runt för att vara säker. Jo, nu hade hon hissens väggar på alla sidor och det verkade som om dörren var på väg att öppnas. Det fanns ingen tvekan, hon klev rakt ut genom hissens dörr, trots att den nu stod där hennes badrum brukade vara. Det var kallt där ute, mycket kallare än det kalla vattnet, och hon kände att det var snö under hennes bara fötter. En bit längre fram, i det som verkade vara en mycket gammal byggnad, såg hon en skepnad. Hon stannade till där hon stod och försökte försiktigt få handuken att glida ner så att hon kunde virra den kring sin kropp ordentligt. Sedan började hon försiktigt gå fram mot vem det nu än var som hissen ville att hon skulle möta.

Han såg polisbilen köra fram till slottsruinen. De hade kommit fort. Det skulle inte vara någon fara med flickan. Han kunde fortfarande känna känslan av att hålla henne i sin famn och hur det värkte i honom att se Minna gå där ifrån. Minna hade talat om för honom vad han skulle göra, att han skulle lämna flickan och ringa polisen. Han hade gjort precis det hon sagt, men han hade inte förstått hur svårt det skulle vara. Han hade varit tvungen att stanna och se så att polisen verkligen kom. Det var det minsta han kunde göra för sin dotter.

Han ser nog inte mig, tänkte Lydia. I mitten av det stora rum som hon stod i fanns en man med ett litet barn. Mannen såg ner på barnet i famnen, det var som han inte såg eller lade märke till något annat. Han såg ledsen ut och ändå lös hans ögon av lycka. Lydia kunde inte förstå hur det var möjligt, hon kände mest att hon inte förstod mycket alls just nu. Hon stannade en bit ifrån mannen och barnet. Det var en ungman, nästan en pojke. Barnet var inlindat i ett klädesplagg och det verkade som om mannen var på väg att lägga ner barnet i något framför sig. Han skulle väl inte skada barnet? Lydias hjärta klappade hårdare och hon hade svårt att andas. Hon tog ett djupt andetag och såg sen att mannen försiktigt lade ner barnet i något som liknade en julkrubba. Fast det som såg ut att vara en krubba var inte av trä. Han sträckte ut sin hand och gjorde ett korstecken i pannan på barnet, som en sista hälsning. Så lyfte han sitt huvud och såg sig om. Som om han hört någon komma, eller som om han lyssnade efter någon han väntade på. Hans blick mötte Lydias. Han såg först förvånad ut och sedan log han. Han vände sig mot barnet och sa något till det. Mannen gav Lydia och sedan barnet en sista blick igen innan han skyndade sig därifrån. Lydia stod bara stilla.

”Lydia! Är du klar snart?” Nej, inte nu, tänkte Lydia men såg sig själv gå bakåt in i hissen och tillbaka till badrummet som nu var ljust och varmt igen. Hon suckade och svarade rösten som ropat. Hon skulle snart vara klar. Klar att fira jul, klar att vara glad och vanlig. Men hon var inte längre vanlig. Något hade hänt, någonstans fanns ett övergivet barn. Hon kände återigen både saknad och sorg. Men precis som mannen med barnet, så lös hennes ögon av lycka.